まじょのナニーさん

女《じょ》王《おう》さまのおとしもの

藤 真知子 作
はっとり ななみ 絵

火《か》よう日《び》の　ナニーさん

「ママ、おしごとに　いかなくっちゃ
いけないの？」
アミは　ベッドで　しょんぼり。
日《にち》よう日《び》から　アミは　インフルエンザです。
アミの　ママは　かいしゃに　おつとめ。
きのうは　やすんでくれたけど、今日《きょう》は

どうしても　おしごと
なんだって。
くしゅん……。
パパは
「たんしん
ふにん」と
いって、とおい
まちに　てんきん中《ちゅう》。

アミは　ひとりぼっちに　なっちゃうの？
ママは　ちょっと　こまった　顔《かお》を　して、
いいました。
「ごめんね。でも、だいじょうぶよ。とっても
ひょうばんの　いい　ナニーさんって　人《ひと》が
きてくれるから。」
「ナニーさんって？」
「かていきょうしも　ベビーシッターも　なんでも
できる　かせいふさんよ。」

そう　いって、アミの
おでこを　さわりました。
「よかったわ。おねつが
ひいてきたもの。
もうすぐ
元《げん》気《き》になるわ。」
でも、アミは
ママに　いて
ほしいのに……。

アミが　そう　おもったとき、ピンポーン！
ベルが　なりました。
まもなくして、ママと　アミの　へやに
あらわれたのは、黒《くろ》い　ワンピースに　黒《くろ》い
タイツの　ちょっと　かわった　女《おんな》の人《ひと》。

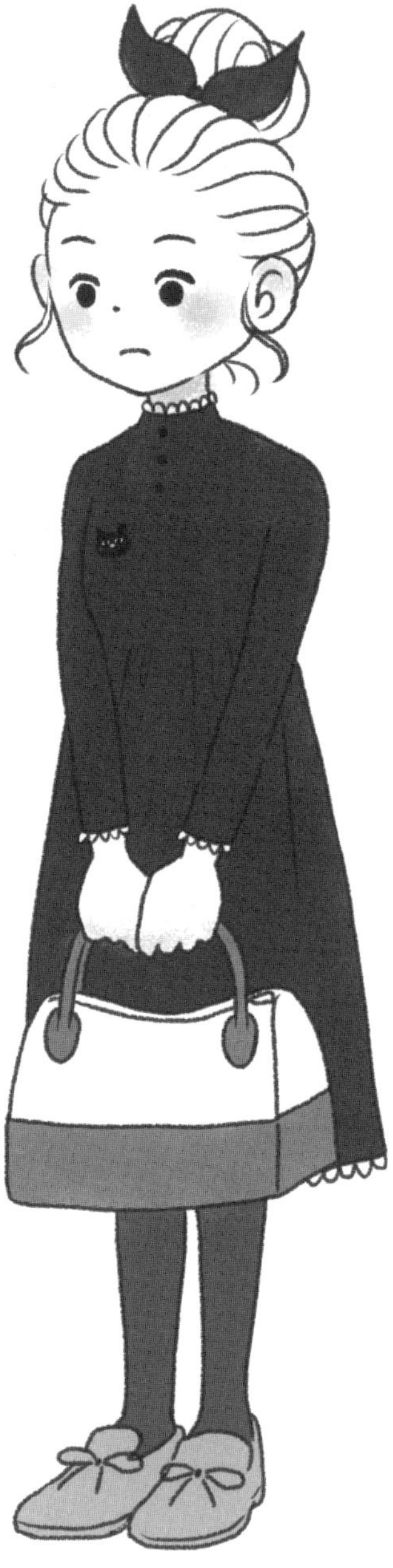

「ナニーさん、アミを　おねがいね。」
そう　いって、ママは　大《おお》あわてで
でかけてしまいました。
そんな……。
アミは　うらめしそうに　ママの　でていった
ほうを　みつめました。
インフルエンザが　なおりかけの　アミを
しらない　人《ひと》に　まかせちゃうなんて……。
せかい一《いち》　かわいそうな　女《おんな》の子《こ》の　気《き》ぶんです。

「アミさん、まだ　ねつが
あるようですので、
ねてくださいね。」
ナニーさんが　つんとして
いいました。
この人《ひと》も　つめたい！
みんな　ひどくて、
もう　いいもん。
「ねてるだけなら

ひとりで　へいきだもん。ナニーさんだって、
いなくって　いいわ。」
アミが　つぶやくと、ナニーさんが
エプロンの　ポケットから　ぼうっきれを
とりだして、いいました。
「おまかせください。それが　ねがいですね。」
えっ、なに？
ぼうっきれは、ぐーんと　まほうの
つえみたいに　大《おお》きくなりました。

ナニーさんが　つえを
ぐるん！
そのとたん、
えええっ！
パッと
ひかって、
目《め》のまえの
ナニーさんが
きえちゃったのです。

うそ、うそ！

「ナニーさん！　どこ？　でてきて！」

おもわず　アミが　さけぶと、また　パッと

ひかって　ナニーさんが　あらわれました。

「えええっ、いま、なに？　きえたでしょ？」

アミは　目《め》を　ごしごし　こすって　ききました。

「はい。アミさんが　ひとりが　いいと

いったので、ねがいを　かなえました。でも、

わたしに　いてほしいですか？」

アミは　うなずきましたが、それどころじゃ
ありません。
「どうやって　きえたの？　まほうみたい。」
「もちろん　まほうです。」
「まほうが　つかえるの？　だったら、まほうで
びょうきを　なおして。」
「まほうは　いつか　とけます。そうすると、また
ねつが　でますからね。おくすりを　のんで、
おとなしく　ねて、なおさなければ

いけません。」

ナニーさんが　すまして　いいました。

「おうちで　ねてばかりで　つまんないの……。」

アミが　しょんぼりすると、ナニーさんが
いいました。

「では、おまかせください。まほうは　一日《いちにち》一回《いっかい》ですけど、今日《きょう》は　はじめてなので、とくべつです。」

えっ、どういう　こと？

ナニーさんが　あの　ぼうっきれの　つえをだして、くるんと　ふったとたん！

ベッドが　ふわっと　うかんで、まわりがくらくなりました。

きれいな　光《ひかり》が　いっぱいに　なりました。

うわあ！
星空《ほしぞら》に　ベッドごと　うかんでいるのです。
「おうちで　ねているのが　つまらなくても、
夜空《よぞら》で　ねるのなら　たのしいでしょう？」
ベッドの　はしに　こしかけて、ナニーさんが
いいました。
なんて　きれい……！
青《あお》い　星《ほし》や　赤《あか》い　星《ほし》が　キラキラと
またたきます。

「すてきすぎて　ねむれないかも。」
アミは　うっとりです。
「ねむり星《ぼし》の　しずくが　おちれば、ねむれます。」
ナニーさんが　いうと、ながれ星《ぼし》が　すぅーっと
アミの　ほうに　とんできました。
そして、なにか　キラキラ　ひかる　しずくが
おちたと　おもうと、いつのまにか　アミは
ねむっていました。

水《すい》よう日《び》の 学校《がっこう》

「ねつが すっかり ひきましたね。」

よく朝《あさ》、たいおんけいを みて、ナニーさんが
いいました。

ママも ほっとして、おしごとに でかけました。

「じゃあ 学校《がっこう》に いけるの?」

アミは ワクワクして ききました。

「いいえ。インフルエンザは　ほかの　子《こ》に
うつらないように、アミさんの　ばあい、
あと二日《ふつか》　おやすみしなくては　なりません。」
「ええっ、つまんない。」
「あと二日《ふつか》だと　土日《どにち》に　なりますから、
アミさんは　らいしゅうから　いかれます。」
ナニーさんが　きっぱりと　いいました。
朝《あさ》ごはんの　あと、アミは　まえに　パパが
もらってきた　ジグソーパズルを　はじめました。

ようふくを　きた　どうぶつたちが
きょうしつに　いる　絵《え》で、子《こ》どもっぽいので、
あまり　すきじゃ　なかったのです。
でも、ひまつぶしには　いいかもしれません。

せんたくが　おわった　ナニーさんが
やってきて、いいました。
「アミさん、学校《がっこう》を　三日《みっか》　やすんだので、
そのぶんの　おべんきょうを　いたしましょう。
わたしが　おしえます。」
「ええっ、おべんきょう？　ねつが
さがったばかりなのに？」
「おや、学校《がっこう》に　いきたがっていたのに、
おべんきょうは　いやなのですか？」

ナニーさんが　いいました。
「わたし、おべんきょうは　学校《がっこう》で　みんなと
したかったの。」
「じゃあ、学校《がっこう》で　おべんきょうしましょう。」
ナニーさんが　いって、アミは　びっくり。
「だって、学校《がっこう》は　みんなに　うつっちゃうから
だめなんでしょ？」
「それは　にんげんの　学校《がっこう》の　ばあいです。
にんげんの　インフルエンザが　うつらない

どうぶつの　学校《がっこう》なら、だいじょうぶです。」
「ええっ、そんなところ、あるの？」
「もちろんです。ジグソーパズルを
しあげたのなら、その　学校《がっこう》に　いきましょう。」
「ほんと？　できるの？」
「おまかせください。」
そう　いって、ナニーさんは　パズルに　手《て》を
のばして　ピースを　ひとつ、もちあげたと
おもったら、あれ？

さわやかな　森《もり》の　においが　します。
パズルからです。
がやがやと　にぎやかな　音《おと》も　します。
パズルの　絵《え》の　中《なか》で、いすに　すわって
おしゃべりしてる　どうぶつたちが　いきいきと
うごきだしました。
そして、あれ!?
ナニーさんが、パズルの　絵《え》の　中《なか》の
きょうだんに　いて、声《こえ》が　きこえてきました。

「しゅっせきを
とります。
アミさん。」
「はい。」
おもわず　手《て》を
あげたとたん、
あれれ、アミも
パズルの　中《なか》。

アミも　きりかぶの　いすに　すわりました。
「一《いち》じかん目《め》は　さんすうです。かけざんを
べんきょうしましょう。ふたりが　二《に》こずつ
木《き》の実《み》を　ほしいとき、『二《に》　かける　二《に》』
という、かける　けいさんを　するのです。」
ナニーさんが　いうと、くまが　むねを
たたいて　いいました。
「かけるのは、まかせろ！　かけっこは
とくいだ。」

「ちがいます。かけるのは　かずです。」
「？　？　？」
どうぶつたちは　ちんぷんかんぷん。
木《き》の実《み》を　つかって
ナニーさんが　おしえます。
いつも　アミは、まちがうのが
はずかしくて、なかなか　学校《がっこう》で
手《て》を　あげられません。

でも、かけざんを
しらない
どうぶつたちの　まえなら、
へっちゃらです。
どんどん　こたえたり、
みんなに　おしえたり。
「アミちゃん、できる！」
みんなに　いわれて、
えへへへ。

ちょっと　アミは　いい　きぶん。
こんな　アミの　すがたを　みたら、ママ、
きっと　びっくりするわ。
そう　おもうと、アミは　うれしくなりました。
ナニーさんが　黒《こく》ばんに　「本《ほん》を
よんでみましょう」と　かきました。
「こんどは　こくごです。本《ほん》を　よんでください。」
ナニーさんが　いうと、どうぶつたちが
口《くち》ぐちに　いいました。

「本《ほん》くーん！」
「本《ほん》は　よんでも　へんじしないよ。」
「うん。本《ほん》は　しゃべれないもの。」
アミは　おしえてあげました。
「ちがうの。よんでって　いうのは、よむって
ことよ。」
そう　いって　アミは、ちょっと
つっかえたけど　本《ほん》を
よんであげました。

「アミ、すごいね。」
みんなに　いわれて、
アミは　なんだか
たのしくなりました。
こんどの　じゅぎょうさんかんの
ときは、いっぱい　手《て》を　あげて、
ママを　びっくりさせようと
おもいました。

☆

アミが　へやに
もどって　パズルを
みると、黒《こく》ばんには　「本《ほん》を
よんでみましょう」の　もじ。
くすっ。
アミは　この　絵《え》が
すきで　すきで
たまらなくなりました。

木《もく》よう日《び》の　雪《ゆき》の　女王《じょおう》

「うわあ、きれい！」
よく朝《あさ》、アミは　おもわず　声《こえ》を　あげました。
にわに　雪《ゆき》が　つもっていたのです。
ナニーさんが　きれいに　みがきあげて
おなべも　ゆかも　キラピカだけど、今日《きょう》は
おにわが　雪《ゆき》で　キラピカ。

「へんですね。雪《ゆき》が　つもっているのは、この
にわだけですよ。」
ナニーさんは　そう　いうと、せんたくに
いきました。

たしかに　おとなりや　おむかいの　家《いえ》には
雪《ゆき》が　ありません。
そのとき、アミは　雪《ゆき》の　中《なか》に　きらりと
ひかる　ものを　目《め》にしました。
おもわず　にわに　でて、ぐいっと　ひっぱると、
あっ！
ポキッと　おれてしまいました。
にじ色《いろ》の　ぼうのような　ものです。
きれいで　ほしくて　たまらなくなりました。

「アミさん、なぜ　にわに　いるんです？」

せんたくものを　ほしにきた　ナニーさんが、
じろっと　みて、ききました。

だまってると、また　いわれました。

「なにか　ひろったんですか？　みせてください。」

しかたありません。

アミが　おずおずと　さしだすと、ナニーさんが
いいました。

「これは　おれていたんですか？」

アミは　つい　うなずいてしまいました。

「わたしが　あずかっておきましょう。

もちぬしを　しっていますから。」

ナニーさんが　いって、
アミは　びっくり。

「だれの？」

「雪《ゆき》の　女王《じょおう》の　ものです。」

「えっ、雪《ゆき》の　女王《じょおう》！」

「そうです。雪《ゆき》の　女王《じょおう》が

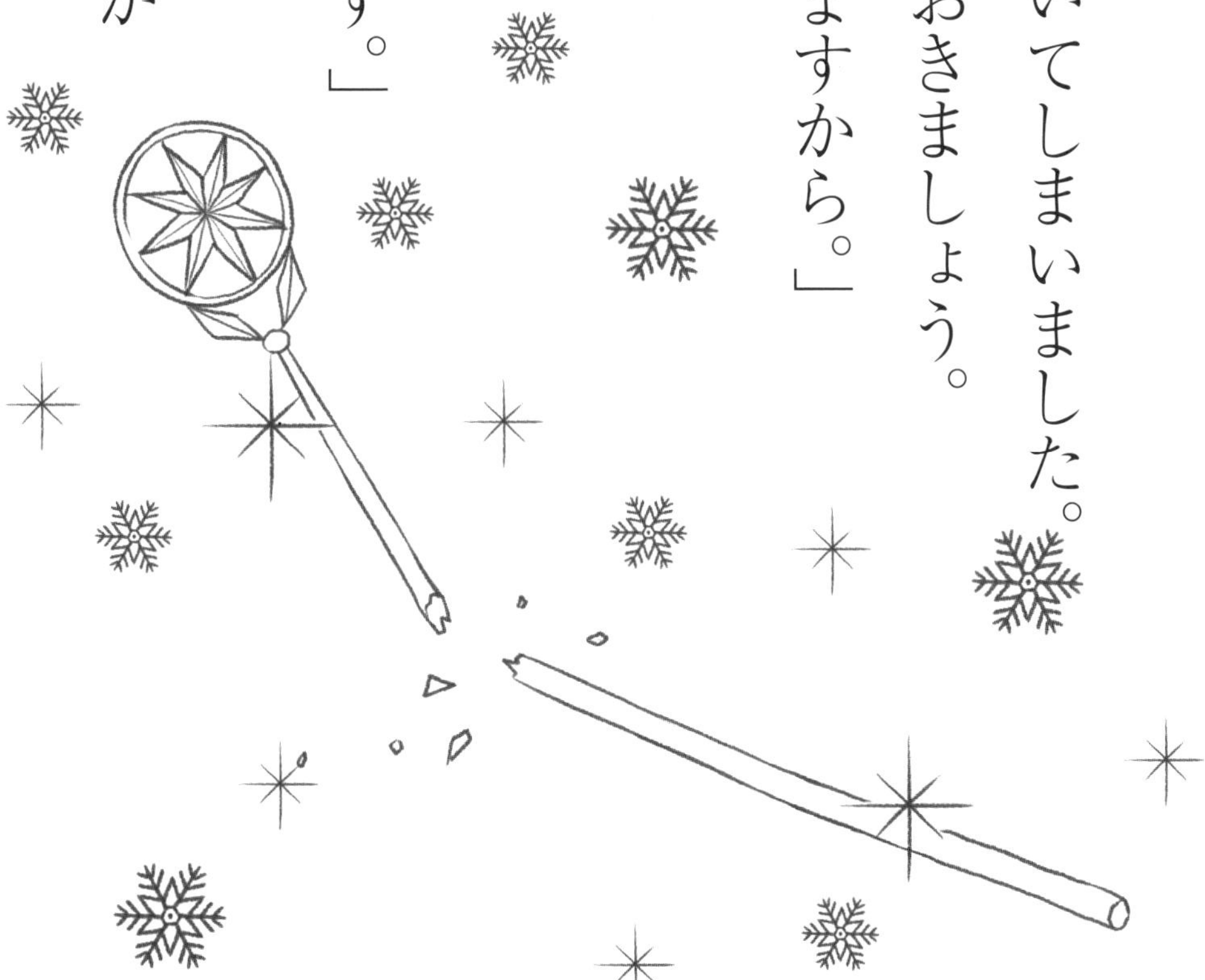

こおりの　そりから
この　つえを
ふって、雪《ゆき》を
ふらせるのです。
でも、へんですね。
おれているなんて。」
アミは　ドキンと
しましたが、おったとは
いえませんでした。

「女王《じょおう》の　おしろに　とどけましょう。」

ナニーさんが　いって、アミは　いきを
のみました。

「うわあ……！」

「いきたいですか？」

アミが　うなずくと、ナニーさんが　いいました。

「ねがいは　ことばで　いってください。

でなければ　つれていけませんよ。」

「おしろに　いきたいわ。」

「おまかせください。さむいですから、たくさんきて、あたたかくしてください。ハートのはらまきもね。」

ナニーさんが　いって、アミは　えっ！

「どうして　しってるの？」

「アミさんの　ママが　つたえてくれたのです。アミさんは　おなかを　こわしやすいから、はらまきを　してほしいけど、いやがっていること。でも、ハートのなら、してくれる　こと。

それから　自分《じぶん》の　おもった　ことを　はっきり
いえない　ことも　しんぱいしていました。」
ママ、ちゃんと　しんぱいしてくれてる……。
ママは　おしごと　してても、アミの　ことを
ちゃんと　みてて、わかってくれてるのです。

アミは　むねが　いっぱいに　なりました。
手《て》ぶくろ、マフラー、あつでの　くつした、
そして　ハートの　はらまきを　しました。
ナニーさんは　黒《くろ》い　マフラーと　手《て》ぶくろだけ。
「ナニーさんは　さむくないの？」
「はい。南《みなみ》の　国《くに》の　夜空《よぞら》を　あんだ
マフラーと　手《て》ぶくろですから。」
さすが　ナニーさんです。
ナニーさんが　ポケットから　まほうの　つえを

とりだして、ぐるんと　ふると、あれれ！
ぐんと　空気《くうき》が　つめたくなり、ふたりは
こおりの　おしろに　いました。
目《め》のまえには　雪《ゆき》の　けっしょう　もようの
ドレスを　きた、かわいい
プリンセス。

その子《こ》が　いいました。
「あっ、ナニーさん！　つえ、ひろったの？
かえして！」
「プリンセス、ごあいさつは？」
ナニーさんが　いうと、プリンセスは
おもしろくなさそうに　あいさつしました。
プリンセスの　ママが　雪《ゆき》の　女王《じょおう》。
女王《じょおう》は、いま　おでかけ中《ちゅう》だそうです。
「プリンセス、雪《ゆき》の　女王《じょおう》の　つえを

なげすてたんですね。
おれていましたよ。」
ナニーさんが　いうと、
プリンセスは　口《くち》を
とがらせました。
「だって、わたしが　足《あし》を
けがしてるのに、
ママは　雪《ゆき》を　ふらせる
おしごとに　いこうと　したのよ。

だから、こまらせようと、ママの　つえを
なげたの。でも、ママは　かわりの　つえを
もって、いってしまったわ。」
アミは　びっくり。
「雪《ゆき》を　ふらせるなんて、すごく　すてきな
おしごとなのに！」
「ふん。ママの　おしごとが　なんだろうと、
かんけいないわ。ママが　いないのが　いやなの。
だから、ママの　一《いち》ばん　たいせつな　ものを

すてたの。」

「プリンセス！　そのせいで　つえが　おれました。女王《じょおう》は、雪女《ゆきおんな》さんに　三《み》つ子《ご》の　赤《あか》ちゃんが　うまれた　おいわいに、雪《ゆき》を　ふらせに　でかけたと　いうのに。こんな　いたずらを　した　あなたは、ほのおの　ろうやに　はいるしかありません。」

ナニーさんが　いうと、プリンセスが　みるまに　青《あお》くなりました。

いわなくっちゃ！
アミは　おもいきって　いいました。

「やめて！　プリンセスは　さびしかっただけだわ。ママの　一《いち》ばん　たいせつな　ものが　なくなれば、自分《じぶん》が　ママの　一《いち》ばんに　なれると　おもっただけだわ。それに、おったのは　わたしなの。ごめんなさい！」

ナニーさんが　ちょっと　びっくりしたように　アミを　みて、いいました。

「アミさんが　はっきり　いった　ことに　めんじて　こんかいは　ゆるしましょう。」

プリンセスが　アミの　手《て》を　とって
いいました。
「ありがとう！　ちゃんと　いってくれて。それに、
わたしの　気《き》もちが　わかるのね！
わたしの　こと、プリンセスじゃ　なくて、
『こおりの　プリンセス』を　みじかくして
『コプリ』って　よんで。」
アミは、ちゃんと　いって　よかったと、
うれしくなりました。

ナニーさんが　おれた　つえを　まほうで
なおすと、きっぱりと　いいました。
「つえを　女王《じょおう》の　へやに　もどしてらっしゃい。」
「はい。アミ、きて。おしろを
あんないするわ。」

おしろの　中《なか》は　とっても　ステキ。
かべでは、雪《ゆき》の　けっしょうの　モザイクが
キラキラと　にじ色《いろ》に　ひかります。
てんじょうには、こおりの　シャンデリア。
にわに、空《そら》とぶ　トナカイ。
女王《じょおう》の　へやには　こおりの　つくえと　いす。
そして、女王《じょおう》の　しょうぞうが。
「うわあ、なんて　きれいな人《ひと》なの！」
「ママは　おこると　こわいから、いつも

やさしい　ママだと
いいのにな。」
「あっ、わたしも！」
「ほんと？」
コプリは　目《め》を
かがやかせました。
コプリは
プリンセスだけど、
むじゃきで　たのしい子《こ》。

ふたりで　おしゃべり
しながら　もどると、
ナニーさんが
おちゃと
アイスクリームを
よういしてくれていました。
「これ、わたしの　すきな
はつ雪《ゆき》アイス。」
コプリが　いうと、

ナニーさんが　いいました。
「しっていますよ。雪《ゆき》の　女王《じょおう》から
きいていますから。」
「雪《ゆき》の　女王《じょおう》も　ちゃんと　コプリの　ことを
みてくれてるのね。」
アミが　いうと、コプリも　うれしそうに
うなずきました。
なんとなく　わかってても、ことばで　きくと
もっと　うれしくなるのです。

金《きん》よう日《び》の　しょうたいじょう

よく朝《あさ》、ママが　でかけるときに　いいました。

「ナニーさん、どうも　ありがとう。明日《あした》からは土日《どにち》で　わたしも　やすみだし、らいしゅうから、アミも　学校《がっこう》に　いけるので、今日《きょう》までね。」

「ええっ、ナニーさん、明日《あした》から　こないの？」

アミは　がっかりしました。

「はい。アミさんは　らいしゅうから　学校《がっこう》。
そして、ほうかごは　学童《がくどう》ですね。」
ナニーさんは　そっけなく　いいましたが、もう
コプリや　どうぶつたちとも
あえなくなるなんて……。

しょんぼりすると、ナニーさんが　ききました。

「アミさん、どうしたんですか？」

「みんなに　もう　あえないの、さびしいな。」

「では、どうしたいんですか？」

「コプリや　どうぶつたちと　おちゃかいを
したいわ。」

「おまかせください。三《さん》じからの　おちゃかいに
よびましょう。しょうたいじょうが　いりますね。

これは　はごろもで　つくった

レターセットです。」
「はごろも？」
「はい。はごろもを　みると、だれもが　ほしくて
たまらなくなるように、この　てがみで

さそわれると、いきたくなります。これに
かけば　あいての　ところへ　まほうで
とんでいきます。四《よ》じから　わたしは
かたづけや　夜《よる》ごはんの　したくが
ありますから、それまでですよ。」
そう　いって　ナニーさんが
わたしてくれたのは、二《に》まいの　ふわふわの
すきとおるような　かみです。
アミが　ワクワクしながら、かくと、とたんに

てがみは
きえて
しまいました。
まほうで
コプリや
どうぶつたちの
ところに
とんでいったのね。

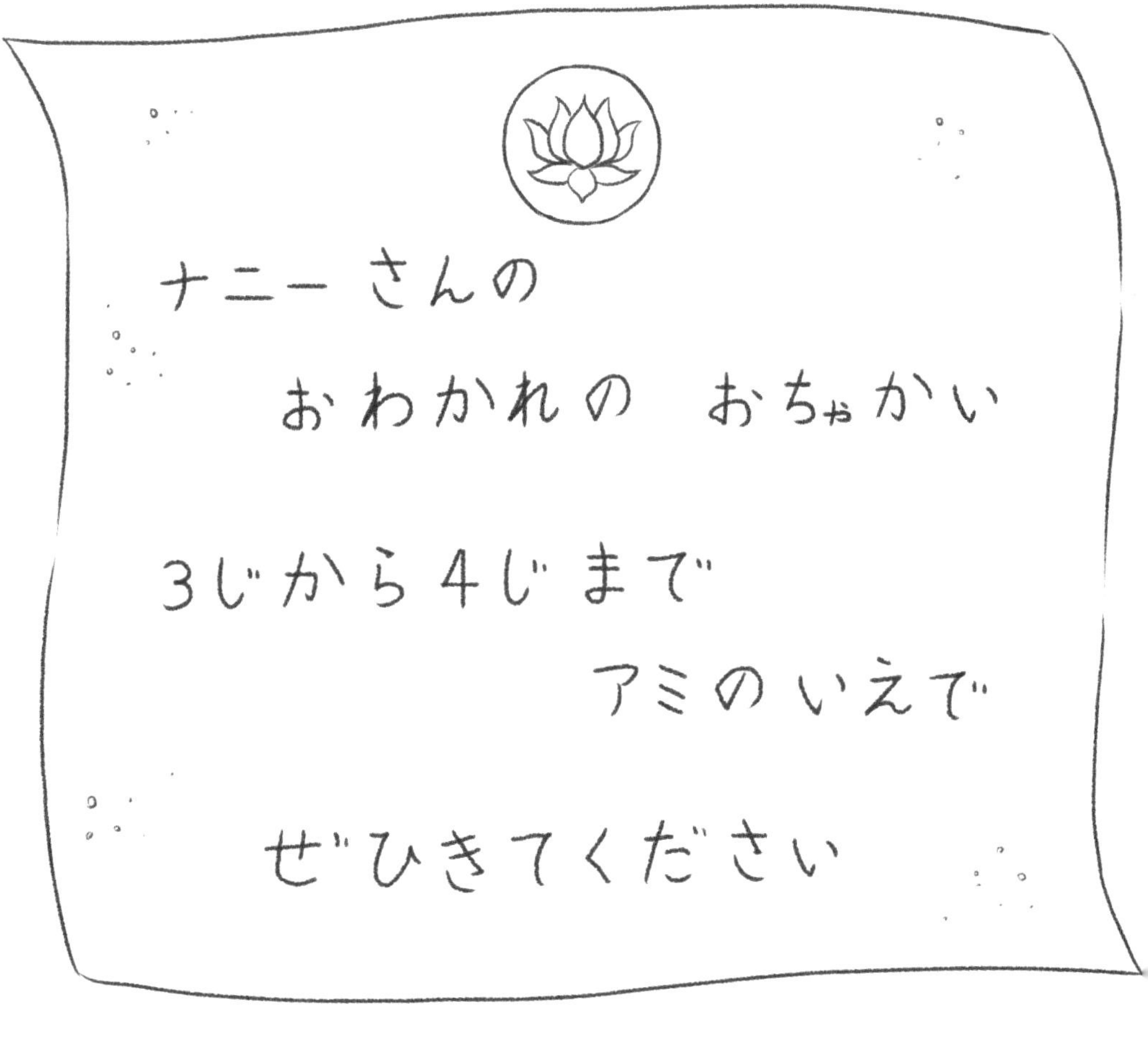
ナニーさんの
おわかれの おちゃかい
3じから4じまで
アミのいえで
ぜひきてください

ナニーさんが　ケーキを　やいているあいだ、アミは　色《いろ》がみに　「ナニーさん　ありがとう」とか「おわかれかい」と　かいて、リビングにかざりました。

とっておきの　ナプキンや　かわいい　おさらをならべました。

クッキーや　グミや　チョコレートをならべていると、「うわあ、すてきだね！」と、声《こえ》がして、どうぶつたちが　木《き》の実《み》や　フルーツを

いっぱい　もって
やってきました。
もう　三《さん》じです！
ママに　つれてきて
もらったと　いう
コプリは　こおりの
マフラーと
手《て》ぶくろを
しています。

あたたかい　家《いえ》の　中《なか》では
こおりの　マフラーを
していないと、コプリは
とけてしまうのです。
コプリが　もってきた
アイスクリームを
おさらに　もりつけました。
りすたちが　いちごや
ブルーベリーを

いっしょうけんめい　かぞえながら、その　上《うえ》に
かざります。

「にんずうぶんを　もってきたよ。」

「かけざんを　したよ。」

みんな　かしこい！

「ナニーさんに　おしえてもらったもの。」

「アミちゃんみたいに　できるように　なったよ。」

りすたちが　じまんげに　いいます。

うれしい！

ナニーさんが　ケーキを　もってきて、
おちゃかいの　はじまりです。
コプリは、雪《ゆき》の　まほうを　みせてくれました。
小《ちい》さな　ふえを　ふくと、雪《ゆき》が　おどるのです。
「ナニーさんの　おわかれかいだから
がんばるよ。」
どうぶつたちが　いって、くまが　おてだまを
したり、りすや　うさぎが　ダンスしました。

「アミちゃんも　なにか　やって。」
どうぶつたちが　いいました。
アミは　ドキドキしました。

みんなの　まえで　やるのは　にがてだけど、アミだけ　しないわけには　いきません。アミは　ピアノを　ひきました。ちょっと　まちがえちゃったけど、みんなが　はくしゅしてくれました。

「じゃあ、さいごの　ことばは　アミちゃんだよ。」

「えっ、わたし？」

アミが　びっくりすると、コプリが　いいました。

「だって、アミが　よんだんだもの。

いいだしっぺだもん。」
「みんなを
だいひょうして
いうんだよ。」
「はやく
しないと
ぼくたち
かえっちゃうよ。」
もうすぐ　四《よ》じです。

うわあ、どうしよう……！
「自分《じぶん》の　気《き》もちを　そのまま
いえば　いいんですよ。」
ナニーさんが　いいました。
だったら、いいたい　ことは
きまっています。
「ナニーさん、ありがとう。
また　ぜったい　きてね。
ナニーさんにも

みんなにも　また
あいたいんだもの。
おねがい！」
みんな　はくしゅしました。
そのとき、とけいの　はりが　四《よ》じを　かちっと
さしました。
ナニーさんが　かたづけを　はじめました。
うしろを　むいたままでしたが、
「おまかせください」と　きこえました。

うわーい！
ふりかえると、みんなは　きえていました。
でも、パズルの　絵《え》の　中《なか》では、生《なま》クリームを
ほっぺたに　つけた　くまや　りすが
にこにこしています。
まどの　むこうの　空《そら》の　かなたで、コプリが
雪《ゆき》の　女王《じょおう》の　そりで　ほほえんでいるのが
みえた　気《き》が　しました。
気《き》もちを　つたえて　よかったと、アミは

おもいました。

☆

かえってきた
ママは　ナニーさんと
はなしを　してから、
アミに　いいました。

「アミは　いつだって　ママの　一《いち》ばんよ。
わかってると　おもってたけど、ちゃんと
ことばに　しなきゃ　つたわらないわよね。」
アミも　うなずいて　いいました。
「ママ、わたしも　いうね。わたしが　おねつを
だしても、おしごと　がんばって　いいからね。
でも、そのときは　ぜったいに　ナニーさんを
たのんでね。」
ナニーさんの　ほうを　ちらっと　みたら、

ナニーさんが　ほほえんだ　気《き》が　しました。

作家・藤　真知子（ふじまちこ）

東京女子大学卒業。『まじょ子どんな子ふしぎな子』でデビュー。以後、「まじょ子」シリーズ（全60巻）は幼年童話のファンタジーシリーズとして子どもたちの人気を博している。
他にも絵本『モットしゃちょうと モリバーバの もり』や読み物「わたしのママは魔女」シリーズ（全50巻）（以上、ポプラ社）、「チビまじょチャミー」シリーズ（岩崎書店）など作品多数。

画家・はっとりななみ

武蔵野音楽大学卒業。その後東京デザイン専門学校でグラフィックデザインを学び、製紙メーカーデザイン部を経て、イラストレーターに。絵本の挿絵やグリーティングカードほか、さまざまな媒体にイラストレーションを提供している。

ナニーさんに　つかってほしい　まほう、
おはなしの　かんそうや　イラストなど、
おたよりを　おまちしています！
〒102-8519　千代田区麹町4-2-6
（株）ポプラ社　「まじょのナニーさん」係

まじょの　ナニーさん

女王さまの　おとしもの

2018年2月　第1刷
2021年1月　第3刷

藤　真知子　作　はっとりななみ　絵

発行者　千葉 均　編集　松本麻依子
装丁　山﨑理佐子
発行所　株式会社ポプラ社
〒102-8519　東京都千代田区麹町 4-2-6
電話　（編集）03-5877-8108　（営業）03-5877-8109
ホームページ　www.poplar.co.jp
印刷　中央精版印刷株式会社　製本　株式会社ブックアート

ISBN978-4-591-15698-8　N.D.C.913　79p　22cm

P4900219

まほうがすきな子《こ》、あつまれ～！

ふしぎがいっぱい☆藤《ふじ》 真《ま》知《ち》子《こ》の本《ほん》

まじょのナニーさん シリーズ（既刊《きかん》５巻《かん》）

ナニーさんは　おりょうり、おせんたく、おそうじに
かていきょうしまで　できちゃう　スーパーかせいふさん。
すごいのは　それだけじゃ　ありません。ナニーさんは
まじょなんです！「おまかせくだい」が　きこえたら、
ふしぎな　まほうの　はじまりです☆

『まじょのナニーさん
まほうでおせわいたします』
ママがけがをして入院《にゅういん》し、パパもおしごとでいそがしく、せっかくの夏《なつ》やすみにひとりぼっちのレミ。そこへナニーさんがやってきて…。ステキな夏《なつ》やすみのはじまりです！

『まじょのナニーさん
にじのむこうへおつれします』
もうすぐお姉《ねえ》ちゃんになるユマですがママが入院《にゅういん》しなければならず、ひとりぼっちに。そこへナニーさんがあらわれて…。ふしぎなことにドキドキしながら成長《せいちょう》していきます。

『まじょのナニーさん
女王《じょおう》さまのおとしもの』
インフルエンザで学校《がっこう》にいけないアミですが、ママはおしごとにいかなければならず、ひとりぼっちに。そこへナニーさんがあらわれて…。ゆう気《き》と自信《じしん》をあたえてくれる物語《ものがたり》。

『まじょのナニーさん
ふわふわピアノでなかなおり』
ナナのお姉《ねえ》ちゃんはピアノがじょうず。けれどもそのせいで、ナナはひとりぼっち⁉　そこにナニーさんがあらわれて…。じぶんらしさを大切《たいせつ》にできる、心《こころ》あたたまるお話《はなし》。

『まじょのナニーさん
青空《あおぞら》のお友《とも》だちケーキ』
新学年《しんがくねん》の学校《がっこう》では親友《しんゆう》とべつのクラス、家《いえ》ではママが外国《がいこく》にいくことになり、ひとりぼっちのルナ。そこにナニーさんがあらわれて…。いっぽふみだす勇気《ゆうき》をくれる物語《ものがたり》。

あたしの お話《はなし》
60巻《かん》も あるの。
よんでね！

まじょ子《こ》 シリーズ（全《ぜん》60巻《かん》）

たのしくって　かわいくって　おいしくって
ワクワクするのが　だーいすき！
まじょ子《こ》と　いっしょに　ふしぎな　せかいに　いきましょ♪